Companheira de Quarto Dominante

Coleção Dominação Erótica

Erika Sanders

Companheira de Quarto Dominante

Erika Sanders
Serie
Coleção Dominação Erótica

Sinopse

Vicky e Joyce são duas colegas de quarto da faculdade.

Vicky é magra e fraca, e Joyce é larga e forte.

Um dia Joyce está assistindo a um programa escandaloso na TV enquanto Vicky tenta estudar.

Vicky pede a Joyce para abaixar o volume da televisão, mas quando ela a ignora, ela tenta pegar o controle remoto.

Isso provoca o início de uma luta pelo controle remoto que termina em uma espécie de luta livre entre os dois.

Joyce prevalece sobre Vicky na luta, finalizando-a e ...

Companheira de Quarto Dominante é um romance com forte conteúdo erótico de BDSM e, por sua vez, um novo romance pertencente à coleção Erotic Domination, uma série de romances com alto conteúdo de BDSM romântico e erótico.

(Todos os personagens têm 18 anos ou mais)

Nota sobre a autora

Erika Sanders é uma conhecida escritora internacional, traduzida para mais de vinte línguas, que assina os seus escritos mais eróticos, longe da sua prosa habitual, com o seu nome de solteira.

Índice

COMPANHEIRA DE QUARTO DOMINANTE
ERIKA SANDERS

CAPÍTULO 1

"Você pode desligar isso, por favor?", Disse Vicky. "Estou tentando estudar aqui."

Pela vigésima vez hoje, a garota, uma caloura, se perguntou que tipo de algoritmo de busca por companheiros de quarto a Universidade estava usando.

Afinal, qualquer pessoa com meio cérebro pode perceber que colocar um aluno de um ramo especializado em serviço social junto com um estudante de um ramo especializado em ciência da computação deve ser evitado a todo custo.

Algumas perguntas de escolha simples funcionariam em um caso como este, para evitá-lo.

Uma direção? Quem consegue estudar com aquela bobagem dessas, no volume máximo, ao fundo?

Pior ainda, quem consegue manter sua sanidade e QI observando caras que são obviamente tão estúpidos?

"Não, está ficando bom", disse Joyce, aumentando ainda mais o volume.

"Muito engraçado", disse Vicky. "Agora abaixe isso, por favor."

"Não consigo ouvir você", gritou Joyce. "O que foi que você disse?"

"Desça." Parte dela queria rir, mas parte dela estava tão furiosa.

"Fale um pouco mais alto", gritou Joyce. "Não consigo ouvir você na televisão."

"Eu disse para tirar"

E de repente, e Vicky não tinha certeza de como, porque ela nunca tinha feito nada assim antes, ela se levantou de seu assento e ao lado de sua colega de quarto, tentando inutilmente arrancar o controle remoto das mãos firmes da garota.

Vicky era uma garota leve, uma leitora típica, muito magra e pálida.

O único esporte que ele experimentou foi o cross country, mas isso foi apenas para preencher seu formulário de inscrição na faculdade.

Portanto, quando o cabo de guerra por controle remoto deu lugar a uma luta corpo-a-corpo, ele sentiu que sua educação nas artes físicas havia falhado muito.

Porque lutar contra Joyce era como lutar contra uma aranha.

Parecia que uma mão ou uma perna estava em todos os lugares que Vicky queria mover.

Sua humilhação piorou porque seu colega de quarto apenas riu de seus esforços para pegar o controle remoto e continuou a rir quando ele desistiu e se contentou em simplesmente deixá-lo ir.

"Não me divirto tanto desde que saí de casa", Joyce riu. "Meus irmãos mais novos e eu assistiríamos o UFC e então tentaríamos jogar um com o outro."

E então ele sentiu como se alguém estivesse tentando arrancar seu braço de seu ombro.

Vicky nunca soube que tal coisa fosse possível.

"Ai ... Ai ..." e então ele continuou dizendo algumas palavras alojadas no fundo de sua cabeça, mesmo aquelas que ele nunca teve razão para usar.

"Pare p...".

Rindo, Joyce disse:

"Eu costumava fazer meus irmãos reclamarem com minha tia porque uma garota havia batido neles."

Parecia que sua junta estava prestes a se soltar.

Vicky nem teve tempo para pensar.

"Por favor ... oh ... porra ... porra!"

"Isso é chamado de barra de braço", disse Joyce, quando soltou sua colega de quarto. "Uma vez que você está preso nisso, realmente não há outra saída a não ser se submeter."

CAPÍTULO 2

Ele pegou o controle remoto, examinou-o rapidamente e jogou-o na cama.

"Você fez com que as baterias caíssem. Encontre-as e coloque-as de volta."

Isso não foi muito agradável.

Não quando o ombro de Vicky doía tanto.

Ele se perguntou se havia sofrido algum dano permanente.

Mas ele adivinhou que em algum momento fez com que as baterias caíssem.

Engolindo um pouco de indignação, ele começou a procurar as duas pilhas AAA, encontrou-as e recolocou-as no controle remoto.

Finalmente, ele foi capaz de retornar à sua tarefa, isso havia perdido muito de seu precioso tempo.

"E conserte minha cama", disse Joyce. "Toda aquela luta bagunçou tudo."

Ela estava levando as coisas longe demais.

Em primeiro lugar, Vicky foi a vítima da luta, não a vencedora.

E o mais importante, a cama estava uma bagunça durante a maior parte da semana.

"Eu não sou sua empregada", disse Vicky, e voltou para sua mesa.

Só que ela nunca fez isso.

Ela só deu dois passos antes de Joyce voltar para ela, atacando como uma cobra.

Joyce estava esperando por uma desculpa para continuar a luta.

Ela continuou a lutar com sua colega de quarto.

Ela tinha lutado com seus irmãos muitas vezes.

Ela era mais velha, mas eles eram meninos, fisicamente superiores, mas mesmo assim Joyce era mais inteligente e um pouco mais implacável.

Foi divertido.

Foi um desafio, e Joyce ganhou mais do que perdeu.

Por outro lado, isso não foi um desafio para Joyce.

Aqui estava uma conclusão precipitada.

Vicky não era apenas uma mulher fraca, mas a garota não tinha ideia de como se defender.

Lutar contra o pequeno nerd não deve ser muito divertido.

Deve ser chato.

Mas era tudo menos enfadonho.

Foi...

.. emocionante.

CAPÍTULO 3

Os mamilos de Joyce se endureceram em balas.

Seus lados estavam quentes e suados.

Na verdade, tinha sido um pouco emocionante brigar com seus irmãos quando ele podia sentir a pressão ocasional de uma ereção, sabendo o quanto isso os embaraçava.

E um pequeno formigamento cada vez que iam prantear a tia.

Mas isso, oh sim, isso era dez vezes melhor do que isso.

Joyce lutou com sua colega de quarto.

Pressionando seu sexo na garota.

Trabalhando nisso.

"Ei," Vicky ofegou sem fôlego.

Ela estava tão cansada que era impossível se defender.

Ele sentia que não conseguia respirar.

"Você não pode simplesmente se submeter. Eu nem te dei uma chave." Joyce disse enquanto agarrava a perna dela, colocava as pernas em volta da garota, agarrava seu tornozelo e a girava.

Pronto.

"Cadela!" Vicky gritou.

"Isso é chamado de chave de tornozelo", disse Joyce enquanto liberava a pressão, mas não a liberava. "Você vai fazer minha cama agora?"

"Sim ..." Vicky reclamou.

Joyce pressionou um pouco mais forte o tornozelo da garota mais uma vez.

"E você vai limpar o chão e guardar minhas roupas."

"Ummmm ... ok." Vicky engasgou.

"Isso é divertido", exclamou Joyce, agarrando a garota novamente. "Eu me pergunto o que mais eu posso fazer você fazer."

"Eu disse que limparia o chão!" Vicky protestou sem sucesso.

A luta continuou.

Foi um assunto muito unilateral.

A pobre Vicky estava exausta, mas fez um grande esforço para escapar das garras de sua colega de quarto, embora tivesse desistido totalmente de lutar desde pequena.

"Você é tão frágil", Joyce continuou com seus comentários enquanto tentava um movimento e depois outro.

Ele nem se incomodou com as apresentações, ele estava apenas tentando ver em que posição poderia colocar seu colega de quarto.

Um novo movimento.

O calor ressurgiu em seu corpo quando ele olhou para a bunda de Vicky.

Sua camisola tinha levantado, e a posição em que estava fez com que sua calcinha se prendesse na fenda de seu traseiro.

Joyce conseguiu até ver um pouco do buraco apertado da garota devido à cunha que havia sido causada.

A pobre Vicky podia sentir a brisa fresca em sua bunda, mas não havia nada que ela pudesse fazer a não ser tentar manter as costas retas.

Havia ainda menos que ela poderia fazer sobre isso quando seu parceiro puxou o rabo de cavalo para trás.

Ela arqueou as costas e foi forçada a cair ainda mais sobre as pernas.

Se ele não estivesse com tanta dor, a humilhação de sua posição teria sido muito mais aguda, embora já fosse mortificante em si mesma.

"Cara," Vicky engasgou. "Foda-se foda-se."

"Você nem está tentando se defender", disse Joyce. "Estou começando a me perguntar se você gosta de ser maltratada."

"Eu não quero lutar com você." Vicky reclamou. "O que ... o que você está fazendo?"

O que Joyce estava fazendo?

Vicky tentou se virar, mas Joyce plantou-se no arco das costas.

Em sua condição debilitada, não havia como Vicky ignorar a outra garota.

E o pior? O pior?

A pobre Vicky podia sentir os dedos dele agarrando a faixa de sua calcinha e puxando-a para baixo.

"Deixe onde está," Vicky pediu.

Mas agora, a calcinha estava fora de alcance.

Tudo o que ele podia fazer era tentar abrir as pernas para evitar que as tirasse completamente.

Mas esses esforços fracos não iriam deter a garota mais forte.

Não, por um momento Joyce mudou seu peso para as coxas de Vicky e, em seguida, despiu abruptamente a calcinha da garota.

"Devolva-os para mim", disse Vicky. E então, com a voz trêmula, ele acrescentou. "Estou falando sério."

"Agora, você vai colocar pelo menos um pouco de esforço?" Joyce perguntou.

Suas narinas dilataram-se.

Deus, ela era tão quente.

E olhar para as nádegas macias do traseiro de sua colega de quarto a estava deixando ainda mais quente.

"Devo pegar algo mais de você?"

"Não siga!" Vicky exclamou.

Oh, ela se esforçou ao máximo para dizer isso.

Havia algo extremamente embaraçoso na situação e ela queria esconder esse sentimento de Joyce.

Mas logo ele tinha outras coisas em que pensar.

Uma surra.

CAPÍTULO 4

Outra surra.

Merda, como dói.

A ansiedade de seu companheiro de quarto.

Tire sua calcinha e depois bata nela!

Oh, ele ia fazer a garota pagar ... de alguma forma.

De alguma forma.

Palmada.

Palmada.

Mas primeiro, Vicky teve que deixar ir.

"Mostre-me o que tem." Joyce disse, e então ela bateu nele mais quatro.

Ela podia ver as impressões das mãos delineadas em vermelho na pele esbranquiçada de sua colega de quarto.

Porra, ela era gostosa, muito gostosa.

"Vamos. Lute comigo. Fraco."

"Agghhh!" Vicky gritou desafiadoramente, sua raiva afastando sua preguiça.

Ela gemeu como um animal preso.

Ela chutou.

Ela puxou o cabelo do outro.

Ela se afastou.

Ela se contorceu.

Ela lutou.

No entanto, ela continuou perdendo.

Não apenas a luta livre, mas também a camisola.

Ela agora estava totalmente nua.

Seu rosto estava vermelho pelo esforço e por ser pressionado com tanta força contra o chão de ladrilhos.

Ela só havia chegado perto de escapar das garras de Joyce duas vezes.

Mas cada tentativa parecia expor mais seu corpo e cansá-la ainda mais agora que a descarga de adrenalina havia passado.

"Vamos, Vicky, siga em frente. Não fique aí parada." Joyce incitou a garota prostrada, dando mais algumas chicotadas.

As palmadas que ela estava dando a ele agora não eram mais duras.

Mas eles eram bastante variados.

Ele estava mirando com cuidado, certificando-se de transformar cada centímetro da pele esbranquiçada da bunda de Vicky, que antes era perfeita, em um vermelho profundo.

E tão importante quanto, Joyce fez seus lábios sexuais pressionarem firmemente contra o inchaço da bunda de sua colega de quarto, de modo que a luta fosse transmitida diretamente para seu sexo ardente.

Ele esperava que Vicky não pudesse sentir o cheiro de seus sucos.

O aroma já era muito forte.

Mas, por outro lado, a pobre Vicky há muito desistiu de que sua colega de quarto não descobrisse o estado de seu sexo muito úmido.

Ela estava pingando.

Ela podia sentir o ar esfriando ela.

Nunca havia sido combatido e açoitado.

Mas ela estava animada.

Ele lutou uma última vez, mas da última vez tentando enganar Joyce.

Pelo menos é o que ela disse a si mesma.

No entanto, suas lutas não cederam a Joyce.

A luta só fez suas coxas se espalharem, então seu sexo quente agora deslizou contra o chão frio.

Deus.

Ela estava deixando uma pegada de lesma no chão.

Parecia ... Deus parecia divino.

Ela nunca pensou que isso pudesse acontecer.

"Ugh" Com um grunhido, Vicky começou a bombear os quadris.

Deus, ele não podia acreditar que estava fazendo isso.

"Meu Deus, Vicky", disse Joyce. "Você está encharcado."

As bochechas de Vicky queimaram de humilhação.

Sua vergonha secreta fora descoberta.

Pior ... meu Deus. Vicky podia sentir um dedo sondando seu sexo molhado.

Não havia segredos para ele após tal exame.

"Você gosta de levar um tapa? É assim que você faz com seu namorado?" Joyce brincou. "Essa é Vicky? Ser espancado te excita?"

"Não," Vicky mentiu.

Mas ela não queria tentar impedir seu parceiro de mover os dedos sondando-a.

Eles pareciam muito bem.

Estava bom demais

"Acho que sim", disse Joyce. "Sua boceta disse sim, certo?"

"Não ..." Vicky gemeu.

Deus, a garota a estava deixando louca.

"Acho que você está realmente gostando de tudo isso", disse Joyce. "Vamos descobrir."

Oh, Deus. E agora que? Vicky pensou ao sentir Joyce misteriosamente deslocar seu peso em cima dela antes de abruptamente capotar novamente.

Foi então que ele descobriu o que Joyce tinha feito.

Sua calcinha estava fora.

Vicky podia ver a bunda nua de sua colega de quarto enquanto a garota a montava em cima de seu peito, suas canelas cravando os pulsos de Vicky no chão.

Joyce lambeu os lábios enquanto olhava para o corpo totalmente nu e indefeso de seu colega de quarto nerd.

"Acho que isso precisa de uma investigação completa."

"Chega," Vicky ofegou.

Ele não tinha ideia do que uma investigação completa implicava, mas não queria fazer parte dela.

No entanto, Joyce tinha exatamente isso em mente.

Uma investigação completa de sua vagina.

Os lábios rosados e inchados de Vicky se separaram.

"Molhado e gordo." Joyce disse. "E olhe para este clitóris. Ela está praticamente implorando por uma carícia."

"Não, não é". Vicky protestou com uma voz estridente e trêmula.

Suas coxas se fecharam brevemente em desafio.

"Acho que sim", Joyce acariciou a fenda úmida de Vicky.

Passando o dedo para cima e para baixo em seu corte rosa.

Vicky engasgou e suas coxas se separaram novamente, oferecendo o pequeno botão doce entre suas coxas.

Joyce sorriu e manteve seu toque, acariciando o clitóris de Vicky de vez em quando.

Trabalhar a garota até que ela atingisse um nível febril.

Vicky de repente percebeu que ele iria forçá-la a gozar.

Uma garota iria fazê-la gozar.

Ele sempre tinha ouvido histórias de garotas experimentando na faculdade, mas nunca pensou que seria uma dessas garotas.

Mas o calor dentro de seu intestino a convenceu do contrário.

Mas então aqueles dedos suaves e doces foram puxados, deixando-a flutuando à beira do orgasmo.

Ele a acariciou muito suavemente e então a fez flutuar fora do alcance do orgasmo.

A mente de Vicky ainda estava confusa.

Uma coisa era ser forçado preso sob outra garota, os braços presos e incapaz de se mover, mas outra bem diferente. ... levante seus quadris estreitos, buscando aquele toque doce.

Isso significa que ela estava participando.

E antes que ela pudesse tentar processar sua colega de quarto pelas liberdades que ela havia tomado.

Agora ela estava ... levantando os quadris, buscando o toque de Joyce ... cada vez mais alto ... ali ... ahhh ... bem ali.

É isso, Joyce disse a si mesma enquanto balançava os quadris de Vicky, fazendo-os começar a empurrar e bombear o melhor que podia em uma posição tão estranha.

Vem a mim.

Você vai ter que ir muito mais longe antes que eu termine com você.

CAPÍTULO 5

"Eu disse que você gostava dela", brincou Joyce, apertando levemente o clitóris inchado de Vicky. "É verdade, não é?"

O lado da pobre Vicky estava começando a doer de necessidade.

Ela ergueu os quadris até que seu abdômen tremeu, mas não foi alto o suficiente para colocá-la em contato com os dedos de Joyce.

Não havia nada que ele pudesse fazer se não admitisse a verdade.

"Sim." Vicky gemeu quase sem fôlego.

Tapa-tapa-tapa.

Joyce deu um tapa no sexo de Vicky, espalhando todo o seu néctar no processo.

Os quadris de Vicky dispararam.

A sensação não foi dolorosa, mas foi chocante.

Pior ainda, ele perseguiu seu orgasmo.

Foi decepcionante, mas ele gostou mesmo assim.

A sensação de necessidade que ela experimentou e seu desamparo a assustaram profundamente.

Ele estava com medo ... oh, Deus, o que aquela garota horrível estava fazendo com ele agora?

Ele a estava esfregando novamente.

E esfregando do jeito que ela gostava.

Agora ela estava abrindo suas coxas por sua própria vontade novamente.

Fazendo seu sexo ficar tenso por dentro.

Fazendo cãibras dançarem em sua virilha.

Fazendo seu coração disparar.

Foi então que Vicky percebeu que podia ver o buraco estreito e apertado de sua colega de quarto e sua fenda pressionada contra o peito.

Ele podia sentir a umidade dela escorrendo por seu peito.

Ele podia sentir o cheiro do doce almíscar de seu sexo.

Se pudesse libertar as mãos, estaria disposta a acariciar Joyce, esperando que a garota parasse de incomodá-la e talvez terminasse de agradá-la.

Mas Joyce tinha suas próprias ideias.

Ela estava bem ciente de que Vicky estava indefesa sob seu comando, e igualmente ciente do efeito que seus jogos estavam tendo sobre ela.

Ele estava bem ciente de que ela estava lentamente movendo sua bunda cada vez mais perto do rosto de sua colega de quarto.

Vicky sempre teve notas próximas às mais altas de sua classe.

Ela era brilhante e inteligente.

Ela se considerava uma pensadora profunda, mas pela primeira vez, ela estava tendo dificuldade em pensar.

O calor fluiu por seu intestino e seu sexo doeu com a necessidade.

A bunda de Joyce estava bem na frente dela.

Apenas um centímetro de seus lábios.

Vicky alcançou seus lábios desejados.

As narinas de Joyce dilataram-se quando ela sentiu os primeiros beijos hesitantes.

Ah sim.

Era bom, embora ela quisesse um pouco mais de estimulação.

E ele a teria antes de tudo ser dito e feito.

"Você gosta da minha buceta?" Joyce perguntou, enquanto se inclinava para frente, e soprou sua respiração no sexo excitado de Vicky.

"Sim," Vicky sussurrou, abrindo as pernas, ansiosa para que Joyce a lambesse ... lá embaixo.

"Lamba-me", ordenou Joyce. "Lamba minha boceta."

Vicky podia sentir a respiração de cada palavra em sua boceta.

Joyce estava tão perto.

Tão perto de lambê-la e fazê-la gozar.

Eu tinha certeza que outras garotas provavelmente experimentavam assim.

Isso não a tornava gay.

Ele nem sabia se iria gostar.

Sua língua escorregou e ele fez uma tentativa de busca.

E não foi tão ruim.

Ela fez de novo, um pouco mais determinada desta vez.

"Oh, sim, isso é divino", disse Joyce com voz rouca. "Lamba minha boceta. Mais rápido. Oh sim ... assim, continue assim."

Lamba-me também, Vicky queria dizer.

Mas sua boca estava ocupada de forma diferente agora e Joyce estava sentada novamente, então Vicky estava literalmente com a boca cheia de boceta e seu nariz estava ... ela nem queria pensar sobre onde seu nariz estava.

"Garota safada", Joyce ronronou. "Você está brincando com o meu ânus também? Hmm ... é bom. Você quer que eu brinque com o seu?"

"Uffff ..." Vicky protestou.

Não.

Não, ela nem queria o nariz onde estava, muito menos ser tocada ... lá atrás.

Mas então um dedo encharcado de suco estava sendo empurrado abruptamente pelo seu esfíncter.

Era estranho ter algo preso naquele buraco, mas ainda mais estranho era ter algo empurrando, quando a direção sempre foi para fora.

Ela não queria ser invadida ali, pelo menos ela não achava que queria.

Isso a deixou ainda mais impotente.

Oh Deus ... tão indefesa lutando para respirar, lambendo e sendo fodida agora com dois dedos em sua bunda.

Ela não deveria ser tratada assim.

E isso certamente não deveria ser tão quente quanto a situação estava sendo.

Ela não deveria estar lambendo a buceta de uma garota.

Muito menos uma garota que tinha sido tão má com ela.

"Bem aí ... bem aí ... bem aí ... oh meu ... oh meu ..." Joyce gemeu, seus quadris cavalgando a garota indefesa presa embaixo dela.

Alcançando e agarrando os mamilos da garota entre o polegar e o indicador e puxando para cima.

Sentindo o protesto angustiado da garota engasgando com a buceta.

Amando a língua ágil que agora acelerava mais rápido do que o humanamente possível.

Por ter apenas um copo B, Vicky não era muito talentosa quando se tratava de seios, mas o que faltava em circunferência, ela compensava em sensibilidade.

E ter seus mamilos esticados assim doía!

Embora a experiência também tenha lançado raios de prazer diretamente em seu sexo.

Mas tudo isso foi demais.

Também.

Ela lambeu Joyce por tudo que sentia, na esperança de terminar seu clímax rapidamente, junto com o tormento em seus mamilos.

"Oh sim, sim, oh sim. Isso, yeahiii." Joyce gemeu.

Seus movimentos mudaram de intensidade para um movimento lânguido quando seu orgasmo atingiu o pico e começou a diminuir.

Com seus quadris fingindo ser uma espécie de saca-rolhas enquanto ela usava o nariz de sua colega de quarto para agradar seu ânus.

CAPÍTULO 6

"Agora é a sua vez", disse Joyce. "Você quer que eu faça você gozar?"

"Sim." Vicky admitiu.

Ele não só queria vir, mas também merecia vir depois de tudo o que havia sofrido nas mãos dessa garota.

"Mmmm ..." Joyce ronronou enquanto esticava as pontas dos dedos pelo corpo esguio da garota.

Lentamente indo para o sexo super molhado de Vicky.

"Que buceta safada e suja você tem", disse Joyce, olhando para algo em uma pequena sacola de cosméticos aberta ao lado da cama de Vicky.

Ele o pegou e apertou o botão liga / desliga.

Ele podia sentir as vibrações até os dedos.

"Acho que precisa de uma boa limpeza por dentro."

Vicky não tinha ideia do que a garota estava falando.

Ele podia ouvir um zumbido familiar, mas não conseguiu localizar o som.

"Oh!" Vicky engasgou quando sentiu o primeiro toque elétrico, seus quadris girando para escapar da sensação avassaladora.

Mas ele logo percebeu o que estava sentindo e também percebeu como se sentia bem.

Merda.

Oh merda.

Era sua escova de dente.

Joyce deve ter tirado de sua bolsa de cosméticos.

Jesus ... ela não tinha sobressalente.

Eu teria que ... oh, Jesus.

Ela iria gozar.

Ela estava tão dura pra caralho.

E com uma reação involuntária ao estímulo, Vicky franziu os lábios e beijou o que estava na frente dela e que acabou sendo o traseiro musculoso de sua colega de quarto.

"Oh baby, isso é tão bom." Joyce ronronou. "Você já teve alguém fodendo essa boceta? Quero dizer, realmente fodeu?"

"Mmmmmmm" Vicky gemeu e abriu as pernas o máximo que pôde.

"Vamos diminuir o ritmo, baby", disse Joyce. "Temos a noite toda."

Joyce usou a escova de dente nos mamilos de Vicky e a deslizou para cima e para baixo em sua fenda.

Mas não o suficiente para levar a garota ao limite.

Ela sorriu maliciosamente.

Ela estava ficando boa nisso.

Vicky gemeu.

Seus quadris bombearam, dando boas-vindas às vibrações de alta frequência, sempre que Joyce achou por bem deslizar para baixo onde lhe fizesse mais bem.

Oh, meu Deus.

Ela iria gozar.

Ela iria gozar muito forte.

E então Joyce retirou sua escova de dente e deu um tapinha no sexo excitado de Vicky.

"Oh Deus ..." Vicky engasgou, seus quadris empurrando, e morrendo com o contato.

Mesmo para esses tapinhas dolorosos que a empurraram para longe do clímax.

Ela tentou libertar os braços presos.

Ela tentou encontrar alguma sensação que a levasse ao limite.

A pobre Vicky não sabia o que fazer.

Embora seu corpo tivesse algumas idéias.

Ele beijou o traseiro musculoso na frente de seu rosto novamente.

Ele o beijou e beijou mais um pouco.

"Mmmm ..." Joyce disse, deslizando a mão lentamente em direção ao sexo inchado de Vicky.

Colocando a outra mão em suas nádegas, estendendo-as.

Vicky podia ver o buraco proibido enrugado de sua colega de quarto aberto.

Não.

Ele apenas beijou o traseiro da garota porque não havia mais nada para ela beijar.

No entanto, ela não tinha intenção de beijar isso.

Nem um pouco.

No entanto, Vicky podia sentir o quão perto a escova de dentes vibrante estava de seu sexo dolorido.

Muito, muito perto.

Vicky tomou uma decisão rápida.

Ela lamberia Joyce um pouco mais se isso fizesse a garota chegar ao clímax.

Só que ela lamberia o buraco certo.

Curvando o pescoço em um ângulo complicado, Vicky tentou obter acesso ao sexo de Joyce com a língua.

Oh não, não! 'Joyce pensou.

Ele brincou com o mamilo de Vicky com a escova de dentes e usou a outra mão para brincar com o outro mamilo, circulando e ocasionalmente puxando, às vezes cruelmente.

Ele então mudou o tratamento para o outro seio, antes de finalmente deslizar a escova de dentes vibratória perto do sexo de Vicky.

Ela começou a bater levemente no clitóris inchado de sua colega de quarto com a cabeça.

Deus, estou indo, foi o único pensamento de Vicky.

Ele não conseguia acreditar no que estava acontecendo com ele.

Ela não podia acreditar que estava prestes a ... ela franziu os lábios e o beijou.

Ele beijou o ânus tenso e enrugado que Joyce estava mostrando a ele.

Oh, Deus. Oh, Deus.

Não posso acreditar que isso esteja acontecendo, Joyce pensou consigo mesma.

Ela se deleitou com o momento, mas queria mais.

Ela começou a deslizar a escova de dentes para cima e para baixo na fenda molhada de Vicky mais uma vez.

Trazendo a garota para o limite.

Assistindo seus quadris escorregarem e bombearem.

Oferecendo seu sexo, agora encharcado, para estimulação.

"Garota mau." Joyce sussurrou.

E ele fustigou aqueles lábios franzidos com a palma da mão.

Bofetadas com força suficiente para doer e, portanto, não há dúvida na mente de Vicky sobre quem estava no comando.

CAPÍTULO 7

Como se Vicky tivesse alguma dúvida neste momento.

A única coisa em que ela conseguia pensar era na necessidade dolorida dentro dela que precisava de estímulo.

Era disso que ele precisava, encontrar algum tipo de excitação para sua libertação desesperada.

Ele não pensava mais na vergonha ou no que estava fazendo de errado.

Seus únicos pensamentos estavam centrados ali, entre suas coxas, e que as sensações que ele recebia estavam conectadas ao que ele estava fazendo com os lábios e a língua.

Porque Vicky há muito ocupava aquele orifício proibido com leves beijos hesitantes.

Agora ela lambeu.

Ela beijou seriamente.

Ela sondou com a língua.

Conduzindo-a para dentro o melhor que podia.

"Isso é muito sujo", Joyce arrulhou. "E eu pensei que você era apenas bom em se vestir, quando na verdade você era um pouco pervertido. Você acha que eu deveria deixar você correr? Você é meu pequeno pervertido?"

"Mmmmmmm ... sim ..." Vicky murmurou, sua boca plantada firmemente na bunda tonificada de sua colega de quarto.

"Então faça com que essa sua boceta suja venha aqui onde eu possa alcançá-la", disse Joyce. "E melhor se apressar antes que essas baterias acabem."

A pobre Vicky arqueou mais a pélvis para dar melhor acesso à colega de quarto.

No entanto, ele descobriu que o zumbido da escova de dentes ainda estava muito longe.

Tentador, mas fora de alcance.

Vicky arqueou sua pélvis ainda mais.

Ele sentiu o toque elétrico brevemente.

Oh, Deus.

Ainda não era o suficiente.

Ele levantou os pés e depois os joelhos.

Seus quadris não tocavam mais o chão.

Certamente isso seria o suficiente.

Simplesmente não era o suficiente.

"Por favor ..." Vicky murmurou.

"Você não quer?", Brincou Joyce. "Venha e pegue."

Oh, como ela queria.

Vicky ficou na ponta dos pés e empurrou a pélvis para a frente pela última vez.

Suas panturrilhas e coxas tremeram.

Ela não poderia manter esta posição por muito tempo.

Ele rezou para que fosse alto o suficiente.

Joyce tocou a escova em seu clitóris e lábios inchados e contou 'Uno' em sua cabeça.

Então ele decolou e contou 'Dois. Três '.

Então suba novamente para um 'Um'.

Depois, volte para mais dois.

Acima e abaixo.

Ligado e desligado.

Ligado e desligado.

Joyce ergueu a mão e puxou Vicky em seu traseiro.

Droga, aquela língua era divina com D maiúsculo.

Ele poderia se acostumar com esse tipo de mimos.

"Não vou durar muito mais assim ... não vou durar ... não posso ... não posso ..." Vicky repetiu em sua mente.

Seus músculos queimaram.

Sua coxa estava com cãibras.

Ela estava morrendo de vontade de endireitar a perna e esperar que o nó dolorido diminuísse, mas estava com medo de perder as sensações da escova de dente mais uma vez.

Era difícil respirar presa ali sob as nádegas musculosas de sua colega de quarto.

Ele ficou em posição e ignorou seus membros e ligamentos protestantes, ainda lambendo seu ânus tanto quanto podia.

A sensação maravilhosa começou no fundo de seu intestino.

Oh merda.

O calor acumulado.

Então tudo pareceu se derramar ... surgindo como um enorme maremoto.

Cumming.

Oh Deus, ela estava gozando.

Nunca antes ela sentiu um clímax de tal magnitude.

Até Joyce estava com ciúme da reação de sua colega de quarto.

As pernas trêmulas, o sexo penetrante, os gemidos altos sob sua bunda, o jato de suco da garota derramando no chão de ladrilhos.

Oh sim, foi um clímax e tanto.

Joyce tinha certeza de que um orgasmo como aquele não seria suficiente para sua colega de quarto.

CAPITULO 8

E não foi o suficiente.

Claro, Vicky disse a si mesma que nunca mais se comportaria assim.

Mas no dia seguinte, Vicky não pôde deixar de pensar no que acontecera com sua colega de quarto.

Sendo abusado.

Palmada.

Para ser ridicularizado tão cruelmente.

À medida que se aproximava a hora de voltar para o quarto, ela ficava cada vez mais ansiosa.

Joyce faria algo com ela quando ela voltasse?

Ela queria que Joyce fizesse algo com ela?

Vicky podia se sentir suada.

Ele podia sentir sua calcinha ficando molhada.

Deus ... e se Joyce percebeu isso?

Eu presumo que Vicky queira mais.

Com dedos trêmulos, Vicky inseriu a chave na fechadura da porta do quarto e destrancou-a.

Joyce estava lá em sua mesa ... nem mesmo reconhecendo sua presença.

Talvez toda aquela ansiedade tenha sido em vão.

O silêncio se tornou desconfortável.

"Oi ..." Vicky deixou escapar e amaldiçoou seu discurso hesitante.

"Oh, oi Vicky", disse Joyce, virando a cadeira para olhar para ela.

O olhar de Vicky disparou como um ímã entre as coxas de sua colega de quarto.

A garota estava vestindo uma saia curta e sem calcinha.

Sua pequena fenda encaracolada estava lá, olhando para ela descaradamente.

A garota não tinha vergonha?

"Eu estava pensando em você", disse Joyce ao se levantar e caminhar até sua colega de quarto, que estava congelada bem no meio da porta.

"Você estava?" Vicky respondeu.

Suas bochechas ficaram vermelhas.

Que tipo de resposta foi essa?

Ela não conseguia pensar com clareza.

"Eu estava pensando que minha boceta se sentia tão sozinha", disse Joyce, enrolando uma mecha do cabelo de Vicky.

Seu aperto mudou para o pescoço de Vicky.

"Ele está triste e precisa se animar."

O simbolismo da mão em seu pescoço era claro e o coração de Vicky disparou enquanto ela observava sua colega de quarto subir na saia e começar a trabalhar.

Ele começou a ficar excitado quando ela tirou os dedos molhados e os levou aos lábios de Vicky.

Ele não deveria fazer isso, Vicky disse a si mesma, mesmo quando seus lábios se separaram e chuparam o dedo oferecido por sua camada de ácido.

"Você está com muitas roupas", disse Joyce enquanto tirava as roupas da colega de quarto, deixando-a apenas com um par de meias.

Acho que é isso, Vicky pensou consigo mesma.

Agora é quando fazemos amor.

"Achei que poderíamos jogar um jogo diferente hoje", disse Joyce enquanto tirava o lenço do pescoço e o prendia na cabeça de Vicky, transformando-o em uma bandagem improvisada.

"Você fez um bom trabalho lambendo minha boceta ontem", disse Joyce, enquanto levava Vicky para sua mesa. "Mas hoje vou mostrar o que eu realmente gosto."

Com um sorriso torto, Joyce estendeu a mão e girou a barra da cortina da janela.

Seu ângulo agora permitia que a garota visse o quarto à sua frente e qualquer pessoa que estivesse olhando pela janela poderia vê-los.

As narinas dilataram-se e ele se aproximou mais da parede.

Ela tinha certeza de que ninguém conseguia ver nada acima de sua cintura.

Mas pobre Vicky.

Vicky estava bem à vista.

"Começa com os meus pés", disse Joyce, levando um pé aos lábios de Vicky.

Rindo, mas retirando o pé ao toque de seus lábios e ao hálito quente de sua colega de quarto.

"Isso faz cócegas."

E a partir daí naquele dia tudo foram aulas.

Vicky aprendeu a chupar os pés.

Para lamber um ao outro.

Beije panturrilhas e joelhos.

Corte entre as coxas estendidas.

Respire seu hálito quente no sexo de Joyce.

Beije os lábios ... lá embaixo.

Lamba o sulco.

Trabalhe o clitóris de seu colega de quarto até o clímax com a língua.

Passe suavemente a língua sobre o clitóris.

Acaricie os mamilos duros com as mãos livres.

Acaricie tudo.

Trabalhando a língua mais rápido quando Joyce estava prestes a gozar e diminuindo a velocidade quando a garota saiu de seu orgasmo.

Vicky ouviu Joyce se mover novamente e se perguntou se era sua vez de fazer amor.

Mas Joyce tinha outros planos.

"Aproxime-se", disse Joyce, agora de frente para a mesa e inclinando-se para a frente. "Tenho uma surpresa para você".

Vicky se inclinou mais perto enquanto sua sobrancelha franzia em preocupação.

Que tipo de surpresa Joyce tinha em mente para ela?

Quando ele se aproximou, não havia dúvida do que Joyce estava oferecendo ao se virar e se curvar.

Sua bela bunda tonificada.

Naquele momento, Joyce se virou e agarrou o rabo de cavalo de Vicky e apertou com força.

"Lamba," Joyce rosnou trazendo a cabeça de Vicky para mais perto de sua virilha.

Foi uma ordem.

Com um estremecimento, Vicky deu um miado suave de desespero.

Isso não parecia totalmente justo, já que ela havia lambido esse mesmo lugar na noite anterior.

Mas se ela não estivesse mais tão animada, ela certamente teria recusado.

No entanto, já fazia o que parecia uma hora fazendo Joyce gozar e ela ainda não tinha.

Ela não queria estragar as coisas antes de chegar sua vez.

Sua língua deslizou de entre seus lábios e seu ânus e começou a lamber.

"Mmmmmmm ..." Joyce gemeu enquanto acariciava seu clitóris com os dedos e apreciava as sensações de seu traseiro. "Boa menina."

"Você é uma vadia suja", Joyce arfou. "Você sabe?"

Com a boca ocupada de outra forma, Vicky gemeu em resposta.

Joyce se esfregou mais rápido, o torso apoiado na mesa, pois o braço esquerdo não conseguia suportar seu peso.

Oh merda!

E o próximo orgasmo a rasgou como um incêndio.

"Levante-se e espere aqui", disse Joyce assim que voltou do orgasmo.

Ela tirou a escova de dentes de Vicky de sua bolsa de higiene.

Um pequeno suspiro escapou dos lábios de Vicky quando ela ouviu o zumbido familiar tão perto de seu ouvido.

Joyce brincou com sua colega de quarto, passando sua cabeça vibrante sobre as zonas erógenas de Vicky.

O corpo de Vicky tremia toda vez que ela sentia a cabeça zumbindo tocar seu sexo ...

A sensação era muito intensa, ainda mais porque ele ainda estava com a venda e não podia se preparar para o contato.

No entanto, a cada toque, seu corpo tremia cada vez menos enquanto ele se aclimatava.

"Você escovou esta manhã?" Joyce brincou, enquanto tocava a cabeça da escova de dentes na boca de Vicky.

"Sim ..." Vicky conseguiu dizer, virando a cabeça para evitar que a escova encharcada de sexo entrasse em sua boca.

"Vamos," Joyce pediu, alternando entre provocar a boceta de Vicky e tentar passar a escova na boca firmemente fechada da garota.

A emoção do poder a estava esquentando novamente.

"Vamos. Você sabe que quer. A higiene bucal é muito importante ... Eu também sei onde sua boca esteve. Precisa de uma boa limpeza."

"Não," Vicky engasgou, seus lábios pressionados com força.

Ele havia desistido de virar a cabeça e agora a escova de dentes zumbia entre seus lábios e vibrava contra seus dentes.

Ele podia sentir o cheiro almiscarado de seu sexo na escova.

Ela não poderia fazer isso.

Ela ... seus dentes se separaram.

Eu podia sentir o gosto de seus sucos misturados com hortelã.

"Abra-o totalmente." Joyce disse.

Vicky abriu a boca.

Deus, foi tão humilhante.

Ela se sentiu tão desamparada quando sua colega de quarto passou a escova em seus dentes e língua.

Joyce abaixou a escova novamente e calculou o sexo da colega de quarto.

Fazendo a garota entrar em frenesi mais uma vez.

"Fique de joelhos de novo", ordenou Joyce.

Com as bochechas ficando vermelhas de raiva, Vicky nunca se sentiu mais subjugada do que quando se ajoelhou e sua colega de quarto continuou a escová-la e provocá-la.

"Vou enfiar nessa sua boceta", brincou Joyce. "Não, vire-se dessa vez. Estilo cachorrinho com certeza você gosta de foder, vadia magrinha."

Vicky corou ainda mais quando ela se virou e tentou rolar sua bunda para trás na escova vibratória para fazê-lo tocar seu clitóris.

No entanto, ele estava muito chapado, realmente batendo na bunda dela.

E Joyce não estava cooperando.

"Você quer, venha e pegue", Joyce riu. "Vamos lá. Mais alto ... mais alto ..."

Pobre Vicky foi forçada a se levantar em suas mãos e joelhos ...

Ele estava quase em pé, mas agora apoiava a parte superior do corpo com as mãos no chão.

Não era confortável ... não por muito tempo.

Mas ela não teria que se sentir desconfortável por muito tempo, já que a escova a trouxe quase ao clímax.

Apenas um pequeno toque em seu clitóris e explodiria como um foguete.

"A boca de novo", disse Joyce, quando detectou o tremor na espinha de sua colega de quarto.

"Por favor ..." Vicky gemeu, ignorando a ordem, empurrando-se cada vez mais forte, na ponta dos pés.

Ele estava perto demais para parar de tentar agora.

"Eu disse boca," a voz de Joyce assumiu um tom áspero enquanto ela tirava a escova.

Com um gemido desapontado, Vicky rolou, ajoelhando-se rapidamente.

A escova de dentes não parava de tocar, mas em vez de escovar os dentes desta vez, ele a deixou sugando o suco da cabeça da escova.

"Vadia pervertida", disse Joyce. "Você está ficando bom nisso. Agora, vire-se novamente e tente gozar."

Vicky não precisava ouvir duas vezes.

Ele se virou e procurou o contato com a escova mais uma vez.

Ela ainda estava com os olhos vendados, então não sabia que Joyce estava empurrando a escova toda vez que se aproximava.

Fazendo-a trabalhar por isso.

Arqueamento das costas.

Quadris olhando.

Pernas tremendo.

Até que ele finalmente fez contato.

"Oh merda ..." Vicky gemeu.

Não pensei mais em como parecia constrangedor.

Ela era como um animal.

Seu corpo queria se libertar ... ele precisava disso.

"Porra ... porra ... meu Deus ... meu Deus ..." Vicky gritou em um tom agudo e sem fôlego.

Mais e mais rápido ela gemeu.

Leite quente derramou sobre suas pernas.

CAPÍTULO 9

A princípio Joyce pensou que sua colega de quarto tinha ficado brava, mas então percebeu que havia chegado.

Uau, vamos.

Joyce sorriu e girou a barra para que as cortinas fechassem.

"Você pode tirar a venda agora", disse ela para a forma prostrada de sua colega de quarto, deitada exausta no chão de ladrilhos, quase chafurdando em seus próprios sucos copiosos.

Vicky removeu a venda, mas não teve energia para se levantar do chão.

Ele duvidava que pudesse fazer isso.

Mas menos de um minuto depois, ela ficou fria e envergonhada com a exibição que estava fazendo enquanto estava nua no chão de ladrilhos frio.

Se ela soubesse disso, no quarto do outro lado da janela, eles tinham visto muito mais do que isso.

A maioria se virou com nojo.

Alguns tiraram fotos para ver mais tarde.

Mas alguns assistiram até o fim.

Ele desligou as luzes e todos os seus clitóris ansiosos.

Mantendo a imagem da garota em suas mentes.

Determinando que, se surgisse a oportunidade, iriam querer brincar com aquele cuzinho e essa bucetinha também.

Uma dessas meninas perguntou à sua colega de quarto:

"Ela me parece familiar. Você a viu em alguma de suas aulas?"

"Não, mas eu vi quando passo pela aula de informática," disse o outro. "Ela é uma espécie de nerd de computador."

"Que dia e que horas?"

"Amanhã às três da tarde"

"Aposto que se a levarmos a algum lugar, ela fará o que quisermos."

"E eu quero fazer muitas coisas divertidas com ela." Ele disse enquanto chupava o suco de seus dedos.

"Eu também." Disse o outro chupando um dedo.

"Pode ficar barulhento."

"Então vamos levá-la para o nosso quarto."

"Você acha que ela virá?"

A outra garota pegou uma escova de dentes elétrica e ligou-a.

Seus olhos brilharam no escuro.

"Oh, tenho a sensação de que ele vai se eu mostrar isso a ele. Além disso, tirei algumas fotos e aposto que ele não as quer distribuídas pelo campus."

FIM

VESTIDA PARA A OCASIÃO
ERIKA SANDERS

O silêncio da noite a cercou, pressionando-a com sua serenidade, tentando acalmar sua ansiedade.

No entanto, isso não poderia acalmá-la.

Sentimentos desenfreados aos quais ela não estava acostumada, e nunca havia experimentado antes, surgiram em seu corpo, deixando-a nervosa.

Seus calcanhares estalaram suavemente ao longo do caminho pavimentado enquanto ela olhava para o céu.

Por que você vai lá hoje à noite?

Por que ela se vestiu assim?

Eu podia sentir o poder que seu olhar tinha nela.

Ela suspirou e deixou sua mente parar de pensar nos eventos que poderiam acontecer hoje à noite.

* * *

Parecia que todos os olhares estavam nela quando ela entrou na sala.

Seus sapatos de salto alto estalaram contra o piso de madeira enquanto ela atravessava a pista de dança e se aproximava do bar.

A saia de sua roupa vermelha e preta balançava de um lado para o outro a cada passo, a faixa vermelha fluindo contra seu joelho enquanto a preta descansava centímetros acima.

A blusa pendia solta dos ombros, descendo pelos seios, saltando o suficiente para chamar a atenção a cada passo que dava e mostrando uma proporção generosa de pele.

E sem sutiã.

Ela sabia como era essa roupa.

Ela parecia uma raposa.

Ela havia terminado o visual com uma gargantilha de renda preta no pescoço e apenas um toque de batom vermelho.

Ela sentou-se entre um homem e uma mulher e sorriu para o garçom.

"Olá James"

"Samy. Como é bom vê-lo novamente." Ele deixou seus olhos deslizarem sobre ela lentamente pelo rosto e pelos seios. "Muito bom mesmo. E para quem é a ocasião?"

Ela balançou a cabeça e sorriu, fazendo com que uma mecha de cacho caísse sobre a orelha.

"Sem chance. Eu só queria me vestir assim."

Ele estendeu a mão por cima do balcão e colocou o cacho atrás da orelha dela.

Os dedos dele roçaram o lado de sua bochecha e ela quase esqueceu como respirar.

"Você deveria se vestir assim com mais frequência."

"Talvez eu vá."

"Vou sair do trabalho agora à noite, por volta das onze. Gostaria de dançar mais tarde?"

Ela assentiu devagar, incapaz de desviar o olhar dele.

Com uma precisão muito lenta, ele se inclinou sobre o balcão e levou os lábios aos dela, aprofundando o beijo o suficiente para fazê-la querer mais antes de se afastar.

"Cerca de vinte minutos."

* * *

Esses vinte minutos nunca pareciam mais na vida de Samy.

Ela observava tudo ao seu redor o tempo todo, consciente de cada movimento que ele fazia, sem sequer olhar para ele.

Era como se seus sentidos estivessem sintonizados com seu corpo, mas ainda assim ela pulou quando ele a tocou na parte de trás do ombro.

Ele desabotoara a gola da camisa preta e estava sorrindo para ela, estendendo a mão.

"Eu acho que você me deve uma dança."

Quando ela colocou a mão na dele, foi como se uma pequena descarga de eletricidade passasse por seu corpo.

Ele sorriu enquanto a carregava para um canto da pista de dança e a puxava para mais perto de seu corpo quando a música mudou.

Era lento e sedutor, e os batimentos cardíacos dele pareciam coincidir com o coração dela enquanto ela se pressionava contra ele.

E já de repente ela estava muito consciente dos contornos duros que ondulavam contra seu corpo mole.

Ela passou os braços em volta dele, pressionando as curvas suaves das costas com as mãos enquanto oscilavam de um lado para o outro.

Ele se inclinou e pressionou os lábios nos dela, separando-os gentilmente e seduzindo-a com a língua.

A mão dele deslizou pelas costas dela, descansando em seu quadril, deslizando baixo o suficiente para acariciar uma bochecha de sua bunda enquanto ele puxava a parte inferior do corpo contra a dele.

Ela ofegou ao sentir o quão duro ele estava realmente pressionando contra ela e ela podia jurar que o ouviu gemer.

Mas, assim como ele fez, o outro garçom o chamou e ele suspirou, abaixando a cabeça para trás.

"Samy ... estou voltando. Juro que irei. Não vá a lugar nenhum."

Ela assentiu um tanto tola quando saiu da pista de dança e entrou em uma cabine isolada.

Ele viu James voltar para o bar e se inclinar sobre ele novamente, conversando com Joseph.

Joseph foi o barman substituto da noite.

Ele sempre assumia quando James se aposentava.

Quando ele viu uma loira alta e de pernas longas se juntar a eles, ele percebeu algo.

Ela não era esse tipo de garota.

Eu não tinha ideia do que estava fazendo.

James era o tipo de homem que estava sempre disponível para qualquer garota, qualquer garota alta, loira e super sexy.

E ela era baixa, morena e latina.

Ela saiu correndo.

Tão rápido e silenciosamente quanto ele podia.

Ele se dirigiu para a porta e, quando olhou por cima do ombro, viu a loira se aproximar de James e deslizar os dedos pelo braço dele.

Ela suspirou e balançou a cabeça enquanto continuava seu caminho.

Não seria bom parar e pensar sobre isso.

Seus pés começaram a doer nos calcanhares, então ela os tirou e se afastou do caminho de paralelepípedos, deixando-os guiá-la até a margem do rio que conhecia tão bem.

Ele enfiou os pés na margem do rio e simplesmente ficou olhando a água por um longo tempo.

"O que eu estava pensando?" Ela finalmente murmurou.

"É isso que eu gostaria de saber."

Ela quase gritou quando se virou.

James estava de pé atrás dela, braços cruzados com raiva e franzindo a testa.

Mas o cenho lentamente foi substituído por um olhar de confusão e preocupação.

"Samy, você está chorando. O que há de errado com você?"

Ela desviou o olhar dele e atravessou o rio para a outra margem gramada.

"Você não deveria. Você não deveria ter ido ao bar hoje à noite vestida assim. Você não deveria ter pensado que tinha uma chance."

"Samy, do que diabos você está falando?"

Ele estendeu a mão e deixou cair a mão no ombro dela.

Ela estava tremendo, estava com frio.

Ele apressadamente tirou o casaco e jogou-o sobre os ombros, puxando-a para trás para esfregar os braços.

"Você estava linda lá. Acho que esqueci como respirar quando você entrou."

"Eu vi as mulheres com quem você costuma estar. Não sou como elas, James. Não sou elegante nem super sexy. Não sou loira, nem alta, nem de pernas longas, nem tenho um corpo perfeito como elas. Não tenho solução. contra isso. Eu nem sabia o que estava fazendo. " Ela terminou em um sussurro.

"Sério? Você poderia ter me enganado lá dentro."

Ele a virou na direção dele e se inclinou para frente, pressionando os lábios no pescoço dela.

Ela estremeceu.

"Seu corpo parecia perfeito quando você me pressionou contra você naquela pista de dança."

Ela estendeu a mão e segurou o peito, traçando o contorno do mamilo através da blusa.

Isso a fez tremer um pouco.

"Certamente estes pareciam saber o que eles queriam fazer quando estávamos nos beijando e pressionando juntos."

Ele se inclinou sobre ela e a forçou a deitar-se até que ela estava deitada no chão.

"Deixe-me mostrar-lhe, Samy. Deixe-me mostrar-lhe que você é mais do que pensa."

Os lábios dele deslizaram contra os dela antes de deslizar pelo pescoço e por cima da blusa fina que cobria seus seios.

A respiração dela ficou presa na garganta quando os lábios dele encontraram um mamilo primeiro e depois o outro, sugando-os lentamente enquanto ela arqueou com o toque dele.

Seus dedos encontraram habilmente a barra da blusa dela e começaram a levantá-la lentamente, provocando sua pele quando foi revelada.

Ele a ergueu além de seus seios e a segurou logo acima deles enquanto beijava seu seio direito, saboreando sua pele.

Ela gemeu quando James finalmente levou os lábios ao topo do peito dela, pegando o mamilo entre os dentes e puxando-o gentilmente antes de chupá-lo.

Ela gemeu ainda mais alto quando a mão começou a amassar o outro peito, rolando a palma da mão sobre o mamilo repetidamente.

"Entende?" Ele respirou contra a pele dela. "Você é a mulher perfeita".

Ele começou a beijá-la enquanto descia, circulando o umbigo com a língua.

James sorriu para ela enquanto pegava sua saia e, em vez de puxá-la para baixo, ele a empurrou para cima.

A parte da frente se dobrou para trás e no momento seguinte ela estava dando beijos suaves e divertidos ao longo de seu monte quente sobre a calcinha.

Ela já estava molhada.

Ela podia sentir através da calcinha quando ele esfregou o nariz contra ela.

Ela tremeu embaixo dele e ele gentilmente acariciou seus dedos para cima e para baixo enquanto usava os dentes para deslizar a calcinha para baixo.

Ele a beijou novamente, sem barreira entre os lábios e a vagina.

Ele começou a deslizar sua língua ao longo de sua fenda e ela gemeu, seus quadris arqueando loucamente, de modo que ele pressionou sua língua profundamente nela, traçando-a sobre seu clitóris.

Samy gemeu e arqueou contra sua língua, o prazer fluindo através dela quando ele escovou os dentes contra seu clitóris e deslizou um dedo dentro dela.

"Eu menti", ele respirou contra seu clitóris. "Eu não esqueci apenas como respirar."

James gentilmente chupou seu clitóris, seu dedo entrando e saindo de sua tensão.

"Eu quase entrei nas calças só para vê-lo antes."

Seus dedos agarraram seus cabelos, e ele sorriu contra sua vagina enquanto deslizava um segundo dedo dentro dela, passando a língua sobre seu clitóris repetidamente até que seu corpo tremia sob sua boca.

Os dedos dele a acariciaram, por dentro e por fora, excitando-a, convencendo seu corpo a responder até que ela balançou contra a mão e a língua dele.

"James", sua voz quase falhou quando ela torceu em sua mão. "Por favor, não pare agora!"

Suas palavras saíram em um tom suave de cumplicidade, mas rapidamente aumentaram de volume quando ela gritou de prazer.

Ele estava gentilmente mordendo seu clitóris e agora estava chupando com força, e seus dedos empurrando dentro dela levando seu clímax.

Ele lambeu ansiosamente seus sucos e quando o tremor em seu corpo diminuiu,

Quando ele terminou, ele se moveu sobre ela.

Ele sorriu e descansou a testa na dela, deixando seu corpo roçar no dela enquanto a olhava nos olhos.

"Eu te disse, você é tão feminina quanto elas, se não mais."

Seus olhos brilhavam com algo que poderia estar em dúvida quando ele olhou nos olhos de James, mas então ele deixou os dedos correrem pelo peito dela e até a protuberância dura em suas calças.

"É por isso que você tem tanta dificuldade?

Por que eu sou uma mulher como eles?"

Seus dedos roçaram para cima e para baixo contra seu pênis, e ele não pôde evitar o gemido que passou por seus lábios.

No entanto, ele não teve chance de responder quando os lábios dela encontraram os dele e quaisquer pensamentos foram apagados de sua mente.

Os dedos dele deslizaram para o peito dela e habilmente ele começou a desabotoar a blusa dela.

Ele rapidamente a puxou para fora da calça e o empurrou para o lado enquanto puxava a blusa dela para removê-la completamente.

O botão da calça se abriu e o zíper escorregou quase por conta própria.

Ela puxou as calças e a cueca apenas o suficiente para libertar seu pênis e passou a mão pequena em torno dela, acariciando-a lentamente, de modo que ele gemeu e pressionou ansiosamente contra a mão dela.

Ele gemeu de aborrecimento e levantou-se, tirando as calças e a cueca em um movimento e virando-se para ela.

Ela agora estava de joelhos e sorria para ele quando mais uma vez passou a mão em torno dele.

Ele se inclinou sobre ela, acariciando-a lentamente, fechando os olhos.

No momento seguinte, no entanto, ele os abriu quando os lábios dela envolveram seu pênis, movendo-os lentamente para cima e para baixo em seu membro duro.

Ele agora colocou as mãos na parte de trás da cabeça dela e lentamente começou a empurrá-la para dentro e para fora da boca, gemendo enquanto ela o chupava a cada movimento.

Os golpes suaves não demoraram muito para se tornar rápidos e curtos, Samy o chupou com mais força quanto mais rápido ele balançou a cabeça.

Sua mão estava acariciando suas bolas, rolando-as para frente e para trás enquanto a boca dela se apertava ao redor dele.

Quando ela estava brincando com a língua na cabeça de seu pênis, ele explodiu em sua boca.

Ela engoliu rapidamente quando ele a enviou esguichando, pressionando a boca e a garganta contra seu pau, fazendo-o gozar ainda mais duro e com mais jatos, até que ela finalmente acabou.

Ele deslizou o pau para fora da boca lentamente e deixou o olhar cair no chão.

Ele caiu de joelhos na frente dela, colocando a mão na bochecha dela.

Eles estavam a um passo de distância quando o dedo de James traçou a lateral do rosto dela, afundando-o sob o queixo e erguendo os olhos para ele.

"Ainda não terminamos."

Sua voz era tão baixa que ela sentiu um calafrio na espinha enquanto olhava para ele maravilhada.

Ele se inclinou e pressionou os lábios contra ela, aprofundando rapidamente o beijo.

Quando a língua dele passou por seus lábios, uma mão deslizou atrás dela, puxando-a contra ele, de modo que eles eram carne em carne.

Seus mamilos pressionaram contra o peito dele alegremente, e sua nova ereção pressionou com força contra seu abdômen inferior.

Ela se moveu e esfregou seu corpo lentamente ao longo dele, fazendo-o gemer quando seu beijo ficou febril.

Ele a deitou e deslizou a saia pelas pernas.

Ele olhou para ela por um longo momento antes de se mover.

Ele se inclinou sobre ela novamente e a beijou levemente na barriga, logo acima do umbigo.

Ele sorriu contra a pele quente dela e começou a beijar para cima, ao contrário de suas ações anteriores.

Seus lábios mal tocaram contra os seios dela antes de se fixar em seu pescoço e acariciar seus batimentos cardíacos.

Ele pulsou entre as pernas dela, seu membro pressionando contra sua fenda molhada enquanto ela envolvia as pernas em volta da cintura dele e ele passou os braços em volta dela.

Em um movimento rápido, James estava sentado com ela no colo e, se possível, pressionando seu pênis ainda mais contra ela.

Ela se contorceu um pouco e ele gemeu.

Ele a beijou logo abaixo da orelha e gentilmente puxou seu lóbulo.

"Diga-me, Samy, você quer isso?"

O hálito dele estava quente contra a pele dela e ela tremia.

"Você quer meu grande pau duro enterrado dentro de você?"

A resposta de Samy soou quase como um gemido quando ela esfregou contra ele.

"Sim. Por favor, James, eu queria isso desde ...", mas ela rapidamente parou, ainda corada nas bochechas e desviou o olhar.

James não tinha ideia disso.

Ele forçou seu olhar de volta para o dela e inclinou sua ereção contra ela.

"Termine o que você estava dizendo."

Ela gemeu e suas unhas cravaram levemente na pele dele.

"Eu queria isso desde que te conheci."

"Então me diga quanto você quer."

Não era uma exigência, mas um pedido, quando ele deslizou os dedos pelos seios dela, amassando lentamente sua carne.

Ele podia sentir o calor dela irradiando contra seu pênis, e ele estava fazendo o possível para não apenas jogá-la e levá-la.

A resposta dela o surpreendeu e destruiu todo o autocontrole que ele estava usando.

"Eu não quero. Eu preciso, James."

Seus olhos estavam fixos nos dele agora, e ele gemeu suavemente contra a pele dela quando ela se aproximou.

"Eu preciso tanto, eu sonhei por tanto tempo. Por favor. Eu preciso que você me foda."

Eu não podia mais negar isso a ele.

Ele não conseguiu se conter depois disso.

Ele a levantou até que a cabeça de seu pênis pressionou contra a abertura dela e rapidamente a deixou cair nela.

Os dois gemeram.

Sua vagina estava tão apertada em torno de seu pênis que quando ele começou a movê-la para cima e para baixo em seu membro, seu comprimento duro parecia ainda maior trancado dentro dela.

Ela gemeu e, usando as pernas para alavancar, começou a pular em seu pênis.

Seus seios saltaram livremente contra ele e seus mamilos gritaram quando ele se inclinou para frente e começou a chupar.

Ela gemeu e começou a pular mais rápido em seu pênis, impulsionando-se repetidamente.

Seus lábios estavam provocando seus mamilos, puxando-os e sugando-os, depois passando a língua sobre eles e mordiscando enquanto ela pulava com seus saltos, gemendo contra sua pele, enviando vibrações através de suas mordidas.

Sua boceta estava tão molhada que a umidade escorria por seu pênis, e ele gemeu quando ela intencionalmente apertou sua fenda ao redor dele, fazendo-o resistir mais a ela.

Ele inclinou os dois para que ela estivesse de costas na grama novamente e começou a bater em seu pau dentro e fora dela.

Samy gemeu ainda mais alto, suas unhas arranhando suas costas quando outro forte empurrão a empurrou de volta ao seu clímax.

O espasmo apertado em torno de seu pênis rapidamente fez James gozar também e ele bateu ainda mais rápido contra ela, rosnando quando seu esperma quente a encheu até cair em suas coxas.

Ele caiu para o lado, ofegante.

Então ele a puxou para ele, deixando beijos suaves no lado do rosto.

"Agora, levará mais cinco anos até que você seja corajoso o suficiente para fazer isso de novo?"

Ele sorriu e beijou o canto dos lábios dela.

"Nunca, James."

Samy sorriu e roçou os lábios nos dele.

"Bom, porque acho que não posso tirar minhas mãos de você por mais de um dia ou dois."

O riso de Samy ecoou pelo lago, e James sorriu quando se sentou e a beijou profundamente.

Definitivamente, este poderia ser o começo de algo muito interessante...

FIM

67